fesne

betragtninger

... og andre uhyrligheder

FORORD

Der er måske nogen, der undrer sig over, at jeg seriøst vil beskæftige mig med det emne, som denne bog omhandler.

Dem om det, de ved jo ikke bedre!

Jeg har levet med 'luft i maven' og dermed tarmluft i mange år, og jeg har brugt utallige timer og dage på at træne mig i at kontrollere min luftafgang, uden at der samtidig skete større uheld.

Udviklingen af teknikken er blevet en vigtig del af min tilværelse, og luften i maven har ændret sig fra at være min største fjende til at blive en af mine bedste venner, og jeg nyder dens selskab hver eneste dag.

Jeg har simpelthen opnået kontrollen over den efter de mange års træning, og det er nu mig, der helt og aldeles bestemmer, om den skal have lov til at komme ud eller ej – og hvornår – og om den skal på udgang midt på dagen eller kun må komme ud om aftenen!

Min megen eksperimentering var på et tidspunkt ved at koste mig mit ægteskab. I stedet lykkedes det mig at få vakt Bodils interesse for mine intense eksperimenter og min træning og få hende involveret som aktivt medvirkende. Det tror jeg ikke, at hun nogensinde fik grund til at fortryde.

Det betød nemlig også utrolig meget for udviklingen af vores ægteskab.

Jeg har ikke tal på de mange aftener, hvor vi hyggede os sammen med vores fælles interesse, som bidrog til at skabe et helt nyt indhold i vores lange samliv.

Det har været vigtigt for mig at få udgivet mine erfaringer og min viden om emnet, inden de blev glemt eller blot forsvandt ud i den blå luft.

Samtidig er det vigtigt at gøre det, mens jeg har motivationen, så det hele ikke bare fiser ud!

Når bogen er læst, så ved du forhåbentlig også, om tarmluft er din ven eller din fjende.

Og det er langtfra alle, der kommer så langt her i livet...

1. DEL

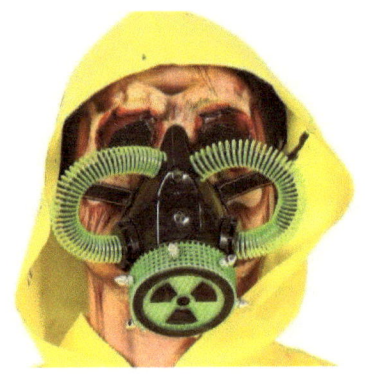

FORHISTORIEN

"Det er jo bare luft!!"...

Sætningen blev hængende rigtig længe i luften.

Den blev fremsat af en af Bodils og mine gamle venner for nogle år siden.

Han var ikke en af vennerne efter den dag, og konen forlod ham, forståeligt nok, da også kort tid efter.

Hans ord åbenbarede en uvidenhed og manglende respekt for dyrebar viden, som ikke var til at tilgive eller bortforklare. Hans udsagn var både plat og unuanceret.

Hvad værre var, så faldt ordene lige efter, at jeg havde afsluttet min unikke fortælling om de mange timer, jeg havde brugt på at fordybe mig i emnet.

Jeg havde jo netop minutiøst og indlevende redegjort for, at tarmluft stort set har eksisteret siden tidernes morgen og i relation til utroligt mange levende væsner – måske mest pattedyr af en vis størrelse.

Men hvis vi fokuserer på tarmluft alene i relation til mennesket, så ved vi, at den har eksisteret præcist lige så længe som det, vi i dag kalder mennesket.

Men mens mennesket var et umælende dyr, havde den intet navn – den var bare en naturlig ting, som blev taget i anvendelse uden nogen synderlig overvejelse eller tankevirksomhed.

Det er først i nyere tid, at den har fået navn – og øgenavne, og synet på den er blevet mere differentieret.

Som tiden er gået, forekommer det mig, at der i stigende omfang er gjort bevidst brug af tarmluften, og at den omsider har opnået den respekt og forståelse, den vitterlig fortjener.

I modsætning til mennesket er der dog ingen udvikling sket med den, den er bare en fast bestanddel af mennesket – et konstant og varigt luftbåret fænomen, som det er yderst vigtigt at have kontrollen over.

FLATULENS – ER DET HELE BARE GAS?

Flatulens er det, jeg taler om - tarmluft på godt dansk - og den har altid været yderst svær at overse, men samtidig været noget, man bestemt ønskede at

Emne: Tarmluft.
Luft i tarmene
Flatus er latin og betyder blæsen eller pust, og heraf kommer ordet flatulens, som mere forståeligt kunne oversættes som fis eller prut.

overse og negligere, fordi kendskabet til den - mødet med den - næsten uden undtagelse var forbundet med et stort ubehag.

Derfor støder man jo naturligt nok ofte på de velkendte forbuds- og advarselsskilte i det offentlige rum.

Som med al anden skiltning er det naturligvis vigtigt at efterleve dem.

Prut forbudt!

Når jeg har nævnt, at synet på tarmluft med tiden er blevet mere differentieret, så er det fordi, man efter min opfattelse, har lært at opdele tarmluften i 2 hovedkategorier, som gør den knap så vulgær at tale om, da vi alle kan relatere til dem - nemlig, som det fremgik af oversættelsen fra latin:

fisen og prutten på godt og jævnt dansk.

Fisen anvendes af mange for at skaffe sig en form for velvære, dog ofte til rigtig stor gene for de nærmest stående.

Den er i familie med prutten. Brødre eller fætre? - Familieskabet er vanskeligt at afgøre.

Den ene er i hvert fald en mere introvert type, der helst lever en stille tilværelse og langsomt lempes ud af sin ejermand – gerne helt uden lyd, men med stor effekt på omgivelserne.

Af indlysende grunde kaldes den også en 'siver' blandt kendere og brugere.

Den anden er udadvendt, prangende og pralende, hvor det primære er selve lyden, varigheden og – ikke mindst – antallet af decibel! Jo højere og mere rungende lyd, desto bedre, det er helt klart målsætningen. Den er som hovedregel mindre luftforurenende og kan udsendes eller udstødes med varierende tryk.

nødvendighed eller skaberi? det afhænger måske af fisens ejermand!

Sådan en god præmiefjært kan skydes af med 11 km/t og have en volumen på op til 125 ml. Det er da alligevel ikke så ringe!

Ikke så underligt, at den kan blive hængende så længe og udbrede sig over så stort et område...

HVEM ER BRUGERNE?

Især yngre mænd er i en periode i livet grebet af konkurrencegenet, hvor man kappes med sine jævnaldrende kammerater om at præstere det mest formfuldendte og unikke eksemplar af udklækket tarmluft.

Ingen ægte kvinde – uanset alder – vil nogensinde vedgå, at de på nogen måde bevidst gør brug af den ene eller anden form for 'udblæsning'. De vil pure nægte det, fordi det hverken er klædeligt eller feminint.

Det nærmeste de ægte kvinder kommer emnet er, når de en sjælden gang klager over 'luft i maven'.

Trods mange års intense studier af kvindekønnet, er det aldrig lykkedes mig at få afklaret, hvad det begreb reelt dækker over. Om det virkelig handler om tarmluft, og om bemeldte luft nogensinde finder vej ud af kvindekroppen – hvad enten det måtte være ved en bevidst eller ubevidst handling.

Dog er der desværre snart ikke mange ægte kvinder tilbage, idet der de senere år er dukket en anderledes og yngre generation af kvinder frem, mere selvhævdende og selvbevidste end set før.

Det er både synligt og hørligt, at de i høj grad gør brug af alle former for 'udblæsning'! Der er ingen smalle steder, selv om de af dem, der trods alt har lidt stil tilbage, foretrækker at kalde det 'en lille vind'!

Der er i det hele taget ikke mange indtagende feminine attituder tilbage i det moderne samfund.

Ud fra foranstående gennemgang kan man altså konkludere, at kvinderne i generationer ikke har brugt udluftningsteknikken, det er først nu man ser en tendens til det modsatte.

Ergo kan det ikke være livsnødvendigt og livsforlængende at lukke 'lam' ud, som andre forskere påstår, for kvindernes levealder er højere end mændenes...

Måske er det netop derfor, de lever længere, fordi de holder igen...??

Jeg er endnu ikke stødt på studier, der underbygger den antagelse, men antagelsen kan måske alligevel underbygges med konstateringen af, at det antal år, der er mellem mænd og kvinder i levealder, indsnævres. Det kan jo skyldes, at kvinderne er ved at tilegne sig mændenes vaner mht tarmluft?

Det er jo også interessant at konstatere, at kvinderne således hidtil har bidraget meget mindre til CO2 forureningen, fordi de ikke har brugt 'udluftningen' i samme omfang som mændene – og køerne!

koen er i virkeligheden en gris og en værre en af slagsen!

Det er helt uforståeligt for mig, at kvinderne ikke har anvendt denne vægtige argumentation i kampen mellem kønnene... for ikke at tale om, hvad den kan bruges til af kvinderne i sammenhæng med debatten om miljøindsatsen.

Mens vi er ved kvinderne, så er det et faktum, at kvinde-prutter har en højere koncentration af hydrogensulfid med svovlholdige forbindelser... - nå ja, sagt ligeud da, kvindernes prutter lugter bare mere!

I den forbindelse er det vel samtidig knap så hyggeligt at tænke på, at 43% af kvinderne erkender, at de har listet en prut ud, mens de dyrkede sex ifølge University of California.

Jeg skal måske lige her for fuldstændighedens skyld indskyde, at jeg af praktiske og andre grunde altid kun opererer med 2 køn i mit arbejde. Arbejdet ville simpelthen blive for uoverskueligt og endnu mere intetsigende, hvis jeg skulle lave tværgående og sammenlignelige studier af 4-5 køn, eller hvor mange det nu er, der efterhånden opereres med for at være sikker på, at man ikke støder nogen...

VIDENSKAB OG VIRKELIGHED

Videnskaben som helhed udviser stor interesse for området og forsker intenst, og det kan alene ses af disse få tilfældigt udvalgte overskrifter fra internettet, som der virkelig er utallige af:

Sådan undgår du at slå stinkende prutter - Videnskab.dk

videnskab.dk › krop-sundhed › saadan-undgaar-du-at-s...
27. okt. 2016 — Forskere har fundet ud af, hvilke fødevarer der kan gøre dine prutter særdeles ildelugtende, og hvilke du skal spise for at ...

Hjælper det at stryge en tændstik efter toiletbesøget?

videnskab.dk › sporg-videnskaben › hjaelper-det-stryg...

21. apr. 2016 — Flammen afbrænder visse bestandele af den ubehagelige lugt ... Og selvom en beskeden prut ikke indeholder noget, der ligner de mængder, der skal til, før gassen er dødelig, er lugten selv i små doser ...

10 ildelugtende fakta om prutter, du MÅ vide - Experimentarium

www.experimentarium.dk › kroppen › 10-fakta-om-pr...

8. maj 2018 — Men hvad er en prut egentlig? Hvorfor lugter den? Og er det egentlig sundt at prutte? Vi har samlet 10 fakta om de sære gasser, der forlader ...

Kvinde alvorligt forbrændt: Prut antændt af laser under operation

ekstrabladet.dk › nyheder › samfund › kvinde-alvorligt-f...
1. nov. 2016 — Ifølge Tokyo Medical University Hospital pruttede kvinden under en laseroperation, hvilket antændte hendes tarmgas.

Med hensyn til evnen og lysten til at slippe luft ud, så er det i virkeligheden afhængigt af situationen, og samtidig styret af frygten for uheld.

Denne frygt er for nogen ligefrem proportional med alderen – i hvert fald så længe, man er på arbejdsmarkedet! De yngre har nok mere styr på tarmfunktionen end de ældre og frygter derfor uheld mindre.

Frygten er nok stor hos begge køn, men kvinderne er ikke i samme risikogruppe, som mændene, da de jo – som jeg har redegjort for – fortsat noget sjældnere anvender teknikken.

For hvem kan overleve sådan et uheld i arbejdstiden? Ingen mennesker har jo skiftetøj med på arbejde for at klare sig ud af sådan en situation.

Nemmere er det, når man har forladt arbejdsmarkedet, og man har nået pensionsalderen og derfor opholder sig meget mere hjemme i de trygge rammer med badeværelse og rent tøj indenfor rækkevidde...

Først på plejehjemmet kan du og din tarm slappe helt af! For går det galt, så kommer der nogen og skifter dig!

Det forudsætter naturligvis, at der på fremtidens plejehjem er tilstrækkelig personaledækning!

Ellers kan situationen være rigtig svær at løse, hvis der slet ikke er nogen, der reagerer på nødopkaldet...

Et godt råd er derfor at lave et par test, inden du flytter ind på plejehjemmet for at se, hvor godt systemet fungerer på netop det sted.

sørg altid for at have rigelige forsyninger

Fra virkelighedens verden, nemlig det engelske tidsskrift *The Conversation*, har jeg hentet følgende spændende informationer:

Vi kender jo alle situationen, hvor man må holde igen på et udslip af tarmgas for at undgå en pinlig situation. Det er i de situationer, hvor man er på det forkerte sted på det forkerte tidspunkt og derfor er afskåret fra en befriende udluftning.

Men når vi holder på en prut, kan det føles meget ubehageligt – og hvis vi holder igen længe nok, mister vi helt kontrollen, og det kan resultere i rædselsscenariet, en ukontrolleret prut!

Bedre bliver det ikke, når man kan læse, at en ophobning af tarmgas -- som det nok er velkendt -- vil føre til en udspiling af maven, og at vi risikerer at en del af gassen vil blive optaget i organismen for til sidst i stedet at finde vej ud gennem munden...

Det er da virkelig uhyggelige perspektiver, der kan få een til at holde munden lukket!

Det er SÅ meget værre end almindelig dårlig ånde!

Men bare at lade fisen fare kan også have store omkostninger, hvad følgende historie dokumenterer,

Sved, varme og prutter skader en særlig slags tegninger på Statens Museum for Kunst. Nu prøver museet at redde vores allesammens kulturarv...

Efter to års undersøgelser har forskere ved Statens Museum for Kunst nu fundet årsagen til, at hundredvis af værker fra museets Kobberstiksamling er ramt af brune og sorte plamager. Det skriver Politiken.

Nogle af gasserne stammer fra de kartoner, tegninger opbevares i, mens andre stammer fra rum med gæster, der ser på kunst - og skiller sig af med gasser, der kan angribe tegningerne...

Dels føres svovlholdig gas fra museumsgæsterne i en velbesøgt udstillingssal i stueetagen via et klimaanlæg ned til et kældermagasin med de skrøbelige danske tegninger...

Fise af eller holde igen?

Det er bestemt ikke ligetil!
Igen er forbudsskiltet bare så relevant at indføre – på alle landets museer!

prut forbudt!

28

DET ER IKKE DET RENE GAS

Den omtalte flatulens består af flere kemiske stoffer i gasform, ifølge Leiv Sydnes, professor i kemi i Bergen, nemlig mest carbondioxid og metan, men også en del hydrogen og svovlforbindelser i form af hydrogensulfid (H2S1), der giver gassen dens 'signaturlugt!'

Gassen er brændbar, og hydrogensulfid kan være dødelig i større mængder!! Og her er vi kommet frem til noget væsentligt.

Indtil for få år siden var brusekabiner helt lukkede enheder, men efter en række uforklarlige dødsfald blev konstruktionen -- som nogen måske husker -- ændret, så kabinerne ikke var hermetisk tillukkede mere, idet dørene nu var åbne for oven og/eller for neden.

Det kom aldrig frem til offentligheden, hvad dødsfaldene skyldtes.

Det var i virkeligheden ganske enkelt, for alle de afdøde havde haft en alvorlig maveinfektion inden brusebadet.

Døden skyldtes ganske enkelt uforsigtig omgang med den giftige tarmluft, som nogle af ofrene uforsigtigt udledte i kabinen!

Den er jo ikke er ret stor, og det betød, at gassen blev presset sammen, og derved mere koncentreret, og ganske enkelt tog livet af den badende.

Uden at kunne påvise det, mente politiet i øvrigt, at et fåtal af dødsfaldene kunne tilskrives selvmord, idet nogle af personerne ifølge politirapporterne var ramt af depression, inden de blev ramt af den voldsomme infektion.

Man mente, de havde valgt denne mere enkle selvmordsmetode frem for den mere besværlige med en slange sluttet til en bils udstødning.

Ingen af de formodede selvmordere havde i øvrigt hverken bil eller adgang til en garage, som de kunne anvende.

Jeg har ingen personlige erfaringer, så jeg kan ikke sige, om jeg selv ville foretrække at tage livet af mig med hydrogensulfid fremfor kulilte.

Jeg savner også i dette tilfælde sundhedsmyndighedernes aktive indgriben på området i form af relevante

lovpligtige advarselsskilte på brusekabinerne i stil med:

fis af inden du bader!

din prut kan være dræbende

For mange år siden læste jeg om en række uforklarlige dødsfald i England, som Scotland Yard ikke kunne finde årsagen til. Alle personerne var fundet døde i en telefonboks – vel at mærke en af de ældre helt tillukkede slags!

Sagerne blev behandlet af politiet som mistænkelige dødsfald, men man fandt aldrig frem til dødsårsagen.

Jeg har tit tænkt på, om der kunne være en parallel til de danske dødsfald i brusekabinerne?

Jeg har ikke forelagt min teori for hverken danske eller engelske politimyndigheder. Flatulens er jo flygtige gasarter, så hvis de er dødsårsagen, har de jo sikkert ikke efterladt nogen spor...

Selvom der næppe kommer flere dødsfald i brusekabiner, er der i min optik stadig stor risiko for en alvorlig forgiftning!

Kort og godt bør man fraråde brusebade i tilfælde af alvorlig infektion -- og karbad bør af ganske indlysende sanitære grunde være helt udelukket! Tilbage er den gode gammeldags etagevask i de dage infektionen står på.

Det paradoksale er, ifølge forskere ved Exeter University, at det ildelugtende hydrogensulfid indåndet i små mængder skulle mindske risikoen for blodpropper,

etagevask... hvor mange etager er der egentlig?? – og har vi også kælder??

demens, kræft og hjerteanfald...

Jeg har slet ikke fantasi til at forestille mig, hvordan i alverden man har været i stand til at konstatere dette...

Mine tanker går til forsøgspersonerne – hvis de da har overlevet forsøgene!?

Men samtidig tænker jeg, at jeg fremover måske vil undlade at reagere negativt, hvis/når jeg kan konstatere, at nogen fiser i mit nærvær og i stedet huske at glæde mig over de helbredsmæssige goder, det kan give mig?

Man skal også erindre, at ikke alle finder tarmluft frastødende.

Hos Yanomami stammen i Amazonjunglen hilser stammemedlemmerne på hinanden ved at udveksle gasser!

Jeg kan både se og høre det for mit indre øje og øre...! Sikken en velkomst, man kan få!

Der er også eksempler på ganske hensynsløs brug af tarmluft!

En gruopvækkende historie har spredt sig ud over en stor del af verden. Den er sandfærdig, så derfor hører den klart hjemme her.

Det er historien om en aldeles fæl og usædvanlig ilde lugtende fis eller prut, der førte til en politianmeldelse.

Det fremstår lidt uklart (i svenske *Hallandsposten* fra d. 3. april 2016) om det var det ene eller det andet.

Det var en mislykket date, som udviklede sig til et alvorligt gasangreb i en lejlighed.

En mand og en kvinde havde over telefonen talt sammen om at have sex, og i den anledning kom manden på besøg.

Imidlertid skiftede kvinden mening, hun havde alligevel ikke lyst.

Som reaktion på afslaget slog manden en giga prut og forlod lejligheden og efterlod kvinden i en ganske usædvanlig ubehagelig hørm.

Af anmeldelsen fremgik, at hun var overbevist om, at manden med vilje havde gasset hendes lejlighed som hævn for afslaget.

Da det ikke kunne bevises, at manden med overlæg ville skade kvinden, blev anmeldelsen afvist.
Endnu et eksempel på, at tarmluft ikke er til at spøge med!

Det følgende eksempel er heller ikke nogen spøg at opleve!

Har du, som jeg, prøvet at sidde i venteværelset hos tandlægen og opleve, hvordan dine indre organer pludselig vender sig mod dig blot 20 sekunder, før du bliver kaldt ind!??

En uskyldig rumlen er på et splitsekund og uden varsel blevet forandret til en grum ansamling af trykkende tarmluft, og du når næppe at tænke, "hvad gør jeg??" før du forkrampet må rejse dig og følge efter klinikassistenten ned ad gangen med voldsomt sammenknebne baller og i en bizar og påfaldende gangart.

Du glider forsigtigt op i tandlægestolen og svarer åndsfraværende på al deres småsnak -- dybt optaget af for alt i verden at holde ballerne tæt samlet og undgå katastrofen.

Du føler, at selv den mindste afslapning i de blodløse baller vil få katastrofale følger. Selv den mindste lille undslupne fjært vil jo afsløre dig, og du vil igen føle dig til grin til evig tid.

De længste 20 minutter i dit liv får endelig en ende, og du glider igen ud af stolen uden brug af mavemuskler eller farlige bevægelser og forsvinder forfjamsket ud af rummet, ud af døren, styrter ned af trappen og slipper på reposen til 1. sal endelig højlydt og med et befriende suk luften ud... kun for at opdage en ældre dame på vej op ad trappen!

Hun giver højlydt udtryk for sin utilfredshed og forargelse over, hvad du har gjort, men du er ligeglad, du klarede den!

Du glemte godt nok at betale regningen, da du styrtede ud, men du slap da for at skifte tandlæge... igen!

FLATULENS' NYTTEVÆRDI

Red miljøet - brænd din prut

Menneskets prut udgør en alvorlig miljøbelastning, men det kan fikses.

En undersøgelse foretaget af engelske BBC viser, at mennesker udsender tre liter prut om dagen. Denne gasudledning udgør en alvorlig miljøbelastning.

P3s Mondo spørger Kåre Press-Kristensen fra Det Økologiske Råd om, hvordan prutte-problemet kan løses.

Bør vi opsamle prutterne for ikke at skade miljøet? - Altså, sammenlignet med andre forureningskilder er det nok ikke den største forureningskilde må jeg tilstå, men det er jo en interessant idé…

Jeg har især én oplagt ide at give videre til beslutningstagerne på miljøområdet.

Der forskes som bekendt meget i anvendelse og begrænsning af køernes tarmluft af hensyn til CO_2 udledningen og klimamålene i 2030.

Mennesker producerer tarmluft, der også kan anvendes til noget konstruktivt i stedet for at fise ud til skade for atmosfæren – og omgivelserne.

Lad os begynde med at indhente erfaringer hos bilisterne! Hvordan kan deres tarmluft udnyttes?

Der vil de kommende år blive bygget et utal ladestationer til det voldsomt stigende antal elbiler.

Jeg forslår, at man de steder, hvor ladestationerne etableres samtidig opstiller opsamlingstanke til brug for afgasning af bilisterne. Man undgår derved at gassen skader CO_2 regnskabet og gassen kan tilmed anvendes til f.eks. opvarmning.

det ny menneskesyn: hvert menneske er sit eget gasfelt...

Der må kunne udvikles et støvsugerlignende aggregat, som kan placeres på bagdelen – et apparat, en pude, man sætter sig på, som suger gassen ud gennem tøjet, hvorved kontakt til huden og mulige allergiske reaktioner undgås. Der vil på den måde ikke kunne ske smitteoverførsel fra den ene bilist til den anden af infektioner eller andre sygdomme. Puden fores med aktivt kul, som vil fjerne lugten fra gassen.

Små kabiner skal opstilles, så afgasningen af bilisterne kan ske under private former, mens elbilen lades op.

Det vil øge trafiksikkerheden, for det velvære bilisterne vil føle medfører, at de i højere grad vil køre bil, når de kører bil, og ikke blive afledt af mavekneb og andet som følge af den ofte timelange sammenknebne stilling bag rattet.

I vores teknologiske verden må det være muligt at lave et afregningssystem, så værdien af den afleverede gas på stedet modregnes i prisen for el til bilens opladning.

Det vil virke stærkt motiverende for at yde denne indsats for miljøet, hvis gassen afregnes på stedet.

Man kan forestille sig, at bilisterne igen vil efterspørge fortidens praktiske netunderbukser, som kan lette gassens passage gennem tøjlagene. Det bør dog ikke gøres til et myndighedskrav...

den ideelle buks til udledning af gas

44

Jeg vil bestemt overveje at købe aktier i JBS, som stadig eksisterer og producerer den rigtige slags!

Måler man på volumen, så er der nogle videnskabelige undersøgelser, der påstår, at en person kan producere op til 1-3 liter tarmgas om dagen – for mange et trælst spildprodukt, der på denne måde kan gøre nytte.

Det stigende antal elbilbilister på vejene øges nu endnu mere i kraft af de omlagte registreringsafgifter og hvorfor ikke udnytte gasserne fra deres utallige sammenklemte maver? Alt andet vil være ressourcespild!

Opsamling af gas skal helst ske morgen, middag og aften, dvs 1 time efter måltiderne, for der er gasproduktionen maksimal!

DIN GUIDE TIL AT KLARE DIG!

Jeg har lyst til at lufte nogle flere af de overskrifter på nettet, som man støder på om emnet – først og fremmest de seriøse.

Chef om fyret: Han prutter for meget - det går ikke - Avisen.dk

www.avisen.dk › chef-til-fyret-du-prutter-for-meget_3...

4. okt. 2015 — Chef mente fyrede en medarbejder for at prutte for meget....

Det er sundt at prutte - Avisen.dk

www.avisen.dk › derfor-er-du-altid-oppustet

Overskrifterne viser de farer og dilemmaer, man f.eks. som ansat kan blive bragt i. Af hensyn til folkesundheden anbefaler sundhedsmyndighederne, at man ikke skal holde på luften og derved undgå at få ubehag og føle sig oppustet.

Samtidig er det bestemt ikke ligegyldigt hvor, hvor meget og hvordan man lufter ud.

Jeg har tidligere berørt farerne for forgiftninger ved at bade i brusekabiner, men man risikerer altså også en fyring fra sit arbejde ved at lukke tarmluft ud de forkerte steder!

Står man i øvrigt med et akut og ganske uopsætteligt problem blandt andre mennesker -- på job eller andre steder --

hvordan løser man så bedst den faretruende situation?

Den absolut vigtigste huskeregel, når det handler om at skjule en prut er, at du

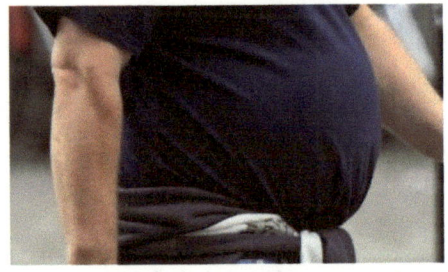

stor mave – muligvis fordi den er oppustet...?

skal se rolig og upåvirket ud, mens du prutter og efter -- også selvom den larmer eller lugter!

Hvis du nervøst skuer omkring dig for at se, om nogen har bemærket din fis eller prut, afslører du dig selv. Men lægger du ansigtet i passende, neutrale folder, vil ingen mistænke dig for at være pruttens ejermand.

Hvis du tror, der bliver et problem, hvis du ikke skjuler lyden, så er rådet,
søg i enrum!
Den oplagte mulighed er at flygte -- ud, væk -- så snart du kan mærke, at der er noget, der samler sig!

Toilettet er et udsøgt sted at prutte højlydt i fred (såfremt selvfølgelig at væggene ind til toilettet ikke er alt for tynde... det bør du nok lige tjekke først!).

Det er også godt at prutte udendørs eller i højloftede rum. Begge steder er der som regel så meget baggrundsstøj, at lyden af prutten drukner.

En anden mulighed er, at du straks sætter dig ned i den blødeste sofa eller stol, du kan finde. Puderne og al fyldet i dem vil dæmpe lyden, så din udstødning af tarmluft ikke høres.

Har du ikke en blød stol i nærheden? Sæt dig på noget andet, men læn dig diskret til siden, så du kun har vægt på den ene balde. Når numsen er i sædet, så ryk dig en anelse, så dine balder er let spredte. Rammer dine balder ikke hinanden, er der mulighed for at luften kan sive ubemærket ud af dig -- uden lyd. Er dine røv-kinder -- som nogen vulgært kalder ballerne -- klemt sammen, får det helt sikkert din prut til at give lyd fra sig!

Omgiv dig med mange mennesker. Det har to formål:

For det første larmer mange mennesker, så der er masser af støj til at skjule lyden. For det andet kan lyden jo komme fra hvem som helst, så det er vanskeligt at udpege den skyldige...

Eller dæk selv over 'mislyden' ved at lave støj.

Host eller røm dig, eller ryk stolen, så den skramler. Bryd ud i sang. Gør hvad som helst for at overdøve prutten.

Hvis larmen ikke skjuler din prut fuldstændig, så dækker den i det mindste så meget over den, at de nærtstående helst vil tro, at de hørte forkert.

Men for din egen skyld: Luk den ud! Lad være med at holde den tilbage, det får den bare til at vokse og lyde af endnu mere.

Lad omvendt også være med at tvinge den ud -- det er dømt til at give et ordentligt skrald!

En stille siven er optimal, men kan jo være langvarig, og så er det ikke ovre med det!

For straks din lettelse over at være sluppet af med prutten breder sig, så breder lugten sig, og du vil hurtigt blive indhyllet i en duft af ... hvis du ikke handler straks!

Og hvad gør du nu??

Flygt! Fis af og skynd dig væk, så du er i den anden ende af rummet, når lugten spreder sig.

Eller skyd skylden på en anden!

Hvis I står flere personer samlet, så brug det gamle fif -- kig hurtigt og med et lettere bebrejdende blik på personen ved siden af dig, som om han eller hun er den skyldige og ryk dig derefter demonstrativt en anelse væk.

Sådan! Nu har du har tørret prutten af på en stakkels uskyldig!

Det er bestemt ikke noget at være særlig stolt af, men du får ikke ødelagt dit gode omdømme!

EDER, FORBANDELSER OG LOVORD

Det er bemærkelsesværdigt, så mange ord og vendinger, der indeholder latrinære udtryk.

Det kan være, fordi man tillægger dem en særlig betydning, at man måske synes, at de forstærker det, man ønsker at udtrykke?

Sprogligt er de latrinære ord i sig selv ikke særlig kønne og vel lidt tabubelagte.

Men det tabu føler man nok, man kommer bedre over ved at lade dem indgå i nogle kraftige udtryk og eder.

Prut er barnagtigt

Fis er det 'blideste'

Pis er et lidt værre udtryk

Skid er en mellemting og

Lort er noget værre

Røvhul er nok det mest negativt ladede
og ofte meget personorienteret.

Alle kan de stå alene, men som regel
sættes ordene ind i en sætning for at
give mere præcist, målrettet og
forstærket udtryk om en situation eller
en person. Udtryk som,

Du er en dum skid!

Sikke noget lort!

Du er et værre røvhul!

kræver vel ikke nærmere forklaring...

De latrinære ord kan imidlertid også medvirke til at udtrykke noget positivt eller sjovt.

Mest kendt er måske,

Skide godt, Egon!

Prutte priser

Fis i en hornlygte

Men de kan så sandelig også bruges politisk eller humoristisk, og ser man på ham her på billedet, så er det, at udtrykket 'roterende fis i kasketten' pludselig giver en ny og rigtig god mening!

AFRUNDING AF 1. DEL

Mange har stillet mig det nærliggende og helt naturlige spørgsmål, om det da kun er på dette fesne område, at man kan fremsætte teorierne om tilblivelsen og udbredelsen af disse – ret beset – specielle vaner og evner, mennesket har udviklet og benytter sig af?

Det spørgsmål er jeg jo rigtig glad for at få og kan svare ganske klart, at paralleliteten helt indlysende også gælder på andre relevante og meget spændende områder.

Det er områder, hvor jeg ligeledes har foretaget indgående studier på samme høje niveau.

Vi taler her om opstødet -- ikke mindst det sure af slagsen -- og bøvsen, herunder en velkendt, men ikke særlig velset afart af bøvsen, nemlig ræbet.

Jeg berører området lidt i næste kapitel, men gemmer i øvrigt emnet, da jeg påtænker at anvende det som hovedtema i min næste bog.

Herefter planlægger jeg at følge op med bøger om følgende spændende emner,

Næsepilleri – med snot or not!

Kløen i bagdelen – nødvendighed eller fornøjelse – og hvor langt skal man gå (op)?

Jeg bestræber mig virkelig på, at der skal være noget for alle!

2. DEL

DE ANDRE UHYRLIGHEDER

Ideen til disse uhyrligheder fandt jeg i en gammel kladde. Noget jeg i hast havde nedfældet for over 30 år siden. Den dukkede frem, da jeg ryddede op i nogle papirer efter min dejlige Bodils alt for tidlige død d. 23/10 – 2019.

Hvorfor det overhovedet var nedfældet fortaber sig i det uvisse – det var nok ikke en kladde til en tale...

Mange vil nok mene, den kladde burde være smidt ud for 30 år siden, og at det er stærkt beklageligt, at det ikke er sket.

Kapitlet om min hemmelige drøm er skrevet over den kladde og er endt med at blive tilegnet alle de eksperter i alt mellem himmel og jord, som medieverdenen tryller frem nu, mens Coronapandemien sætter samfundene i stå.

Der er ingen grænser for, hvor mange vi har og -- for alt for manges vedkommende -- bagklogskaben længe leve sammen med selvfølgelighederne!

Mange eksperter hentes ind fra institutioner, kontorer og styrelser, jeg aldrig har hørt om og bærer titler og stillingsbetegnelser på videnskabelige områder, jeg ikke kendte eksistensen af. Antallet af professorer i dette land er ganske enormt, har jeg konstateret.

Og hver eneste dag kommer der nye eksperter til, som interviewes om deres mening og spådomme, og der er så mange, at det altid lykkes at støve en op, der mener noget andet end de andre.

Så har de da lidt at tale om i interviewet, men ingen bliver vist for alvor ret meget klogere...

nogen er nødt til at skilte med deres kunnen...

MIN HEMMELIGE DRØM

Min store interesse for emnet, kunne jo engang have betydet, at jeg blev læge.

Hvis det var sket, så var det bare med hurtigst muligt at arbejde mig frem til en position, hvor jeg kunne få lavet en afhandling eller doktordisputats for at få sat rigtig skub i karrieren.

Den ville jeg lave over et emne af hidtil overset betydning -- et emne, som altid har levet en indeklemt tilværelse, nemlig,

'fisens betydning for det fysiske og psykiske velvære'.

Tænk at stå dér på den store dag, hvor jeg skal forsvare mit skrift, med alvorlig mine og se de andægtigt lyttende kloge mennesker, der modtager og vurderer mine udgydelser over fisens store betydning.

Hører mig opdele den i kategorier, vurdere og analysere værdien og vigtigheden af hver enkelt kategori, slags, tyngde, drøjde, længde, størrelse, omfang, volumen og decibel – og de klapper endda, når jeg er færdig!

Når det så er overstået, er det tid til at skrive en lærebog og derefter popularisere og udbrede min viden og de seneste fesne medicinske og videnskabelige landvindinger for den såkaldte almindelige befolkning.

Dette gøres til dels via medierne, men det medfører som regel en alt for overfladisk behandling af emnet, og der er ikke mange penge i det.

Specielle interesse- og pressionsgrupper er jo ikke dannet inden for dette felt endnu, men de skal nu nok komme! I første omgang får de vel et problem med at finde et passende navn... og hvem vil være lobbyist for sådan en forening?

Så jeg må nok søge andre veje og støder her naturligt på samfundets græsrødder manifesteret i foreningslivet.

Det kræver omhu og omtanke at udse sig de grupper og foreninger, der specielt kunne tænkes at have forhåndsinteresse i emnet, og de skulle jo gerne være af et vist antal og størrelse, så en meget lang foredragsturné og honorarerne er sikret.

Pensionistforeningerne! Jo, det er sagen. Det er det rette forum at begynde i. Mennesker, der forstår og ved, hvor tarmen trykker, selv har følt på deres krop, hvor stor betydning det har at fise rigtigt af, og tillige har et langt livs erfaring i det.

Hvad er bedre end at tale om noget, som folk kender, noget nært. Håndgribeligt kan man vel næppe kalde det, når det omhandler en gasart.

Populariteten, agtelsen og status er sikret. Der er booket flere sæsoner frem i tiden, for emnet er virkelig et, der optager alle mennesker.

Allerede nu har jeg oplægget til næste turné på plads.

Den skal handle om opstødet og bøvsen, venner eller fjender?

Samme turné, samme mennesker, ja det er i hvert fald ikke mig, der lader chancen gå fra mig og siger fra.

Jeg bliver ved, så længe der er nogen, der lytter og betaler.

Når den mulighed er udtømt, har jeg stadig alle mine andre job, min undervisning, forskning og andre ben.

Jeg får stadig nok at lave, for jeg er jo blevet ekspert...!

ET EVENTYR FOR VOKSNE

Bøvsen og Prutten var kærester. De vidste, at de aldrig kunne komme sammen for alvor – selv om de var tæt forbundne, men de var meget forelskede.

De havde hver deres indgang til værten, og den var -- ret beset -- også deres udgang.

De beundrede hinanden og var meget betagede af den andens måde at udtrykke sig på med lyde, som de begge opfattede som en mages erotiske kaldelyde, og som de derfor udviklede og øvede sig på for at tiltrække og imponere modparten.

Det var bestemt ikke altid, at værten syntes, det var lige spændende, fordi han følte, at han ind imellem havde mistet kontrollen.

Det kunne nemt tage overhånd med de forskellige lyde, og til tider føltes det som om, der også blev anvendt trykluft.

Det bragte værten i mange pinlige situationer i forhold til omgivelserne, der mente, at han udstødte de uhumske to højt tonede lyde i begge ender med fuldt overlæg.

Bedre blev det ikke i de situationer, hvor lydene var efterfulgt af en snigende og generende odeur.

Der var mange interne kampe i værten i tidens løb. Han søgte jo ihærdigt at få kontrol over dem begge – samlet eller hver for sig.

Igennem årene skete der flere store forandringer, som alle tre parter havde svært ved at omstille sig til.

Da værten var barn, var han helt ligeglad med Bøvsen og Pruttens lyde. For det meste syntes han tværtimod nærmest lydene var morsomme, og han gjorde flittigt brug af dem.

Da han blev ung mand, var der lange perioder, hvor deres lyde blev brugt i konkurrence med andre værter, så jo mere lyd, desto bedre, og det samme gjorde sig gældende med odeuren.

Som ung mand havde han i årevis fuldstændig kontrol over dem begge.

Da værten blev gift, blev der strammet gevaldigt op på lydenes anvendelse, og Bøvsen og Prutten var begge bestemt ikke særlig populære i rigtig mange år.

Den bratte forandring havde de rigtig svært ved at forstå. De følte sig svigtede og ensomme, fordi der var meget længe mellem deres kaldelyde, som værten havde skåret ned på.

Da værten blev ældre, vendte billedet atter, og det var nu dem, der i stigende grad bestemte tingene.

Værten havde ikke længere den samme evne og styrke til at begrænse dem begge. Det levede de højt på og satte ofte deres vilje igennem – ofte med beklagelige følgevirkninger for værten...!

Eventyrets morale er måske, at det kan gå dig skidt, hvis du ikke tidligt i tilværelsen lærer at knibe ballerne sammen og holde munden lukket!

LUFTIGE EFTERTANKER

Og så vil jeg i øvrigt lige bemærke, at jeg
har tænkt meget på:

At når en fis kan forcere et par baller, et
par underhylere og tykke cowboybukser
og stadig bevare sin intense lugt...

Hvordan kan nogen så tro, at et
mundbind er nok til at holde Coronavirus
ude!?

En klog mand skrev et vist sted:

Hold aldrig dine prutter tilbage!

Du risikerer, at de siver op i hjernen

og bliver til nogle skide dårlige ideer!

Nogen vil nok mene, at det præcist er det, der må være sket for mig!?

Jeg kan imidlertid mærke, at det har været befriende for mig at være seriøst useriøs – og det er så gået ud over læseren.

Men har du fået bare ét godt grin på vej gennem bogen, så har jeg opnået lige det, jeg ville,

i disse triste, omklamrende og indskrænkende Coronapandemi-tider...

så er den skid slået!

og det må da være ren gas, at det er fedt
at bo i Tarm?

Min søde, søde Bodil

Hvor jeg dog savner dig

Forlag: Books on Demand – Hellerup, Danmark
Fremstilling: Books on Demand – Norderstedt, Tyskland
Bogen er fremstillet efter on-Demand-proces

ISBN 978-87-4303-007-2